二人が睦まじくいるためには

吉野弘

童話屋

目次

装丁・画　島田光雄

二人が睦まじくいるためには

祝婚歌

（風が吹くと）

二人が睦まじくいるためには
愚かでいるほうがいい
立派すぎないほうがいい
立派すぎることは
長持ちしないことだと気付いているほうがいい
完璧をめざさないほうがいい

完璧なんて不自然なことだと
うそぶいているほうがいい
二人のうちどちらかが
ふざけているほうがいい
ずっこけているほうがいい
互いに非難することがあっても
非難できる資格が自分にあったかどうか
あとで
疑わしくなるほうがいい
正しいことを言うときは
少しひかえめにするほうがいい

正しいことを言うときは
相手を傷つけやすいものだと
気付いているほうがいい
立派でありたいとか
正しくありたいとかいう
無理な緊張には
色目を使わず
ゆったり　ゆたかに
光を浴びているほうがいい
健康で　風に吹かれながら
生きていることのなつかしさに

ふと　胸が熱くなる
そんな日があってもいい
そして
なぜ胸が熱くなるのか
黙っていても
二人にはわかるのであってほしい

ひとに

（消息）

美しいひとよ
あなたの美しさはあなたのものに相違ないけれど
あなただけの所有ではなく
あなたの美しさを愛するひとすべての
所有であることを
あなたに教えたのは私だ
美しさを愛するすべてのひとは
美しさが誰のものであれ

遠慮なしにそれを愛し所有していいので
あなたも
たくさんのひとから愛されることを
拒むことは出来ない
だから　あなたが
やさしさをこめて
誰彼の区別なしに美しさを分かち
たくさんのひとの賞讃するにまかせ
所有されるままになっているのは
素直なあなたにふさわしい振舞いに違いない
私はこのことについて

今更　私の言葉を改めるつもりは
毛頭なく
私も
あなたを愛するたくさんのひとの
そのうちの
一人であるにすぎず
一人であることに満足せねばならないのだけれど
今一度
私の親身な教訓を聞いてもらいたい
与えるにしろ
受けとるにしろ

完璧なひとつでなければならないもの
つまり
心
に限っては
到るところの多くのひとに
分け持たせるというわけにはゆかず
唯一人をえらばなくてはならぬ
ということがそれだ
美については
たくさんのひとの所有を認め
美の源である心については

唯一人の所有しか認めていけないと
言うとき
その条理が矛盾していることは
私の百も承知のことで
この撞着した言い方に
条理を与えるものがもしあるとすれば
それは
ひとを
完璧なひとつのまま独占したいという
無法な感情の条理だけであり
私が今

この無法な感情を認めて
あなたを欲しいというとき
臆面もなく奇態な条理を弄するのを
聞き入れてもらいたい
美しいひとよ

早春のバスの中で

まもなく母になりそうな若いひとが
膝の上で
白い小さな毛糸の靴下を編んでいる
まるで
彼女自身の繭の一部でも作っているように。

（感傷旅行）

彼女にまだ残っている
少し甘やかな「娘」を
思い切りよく
きっぱりと
繭の内部に封じこめなければ
急いで自分を「母」へと完成させることが
できない
とでもいうように　無心に。

生命は

（北入曽）

生命は
自分自身だけでは完結できないように
つくられているらしい
花も
めしべとおしべが揃っているだけでは
不充分で
虫や風が訪れて
めしべとおしべを仲立ちする

生命は
その中に欠如を抱き
それを他者から満たしてもらうのだ

世界は多分
他者の総和
しかし
互いに
欠如を満たすなどとは
知りもせず
知らされもせず

ばらまかれている者同士
無関心でいられる間柄
ときに
うとましく思うことさえも許されている間柄
そのように
世界がゆるやかに構成されているのは
なぜ？

花が咲いている
すぐ近くまで
虻の姿をした他者が

光をまとって飛んできている
私も　あるとき
誰かのための虹だったろう
あなたも　あるとき
私のための風だったかもしれない

白い表紙

（叙景）

ジーンズの、ゆるいスカートに
おなかのふくらみを包んで
おかっぱ頭の若い女のひとが読んでいる
白い表紙の大きな本。
電車の中
私の前の座席に腰を下ろして。

白い表紙は
本のカバーの裏返し。

やがて
彼女はまどろみ
手から離れた本は
開かれたまま、膝の上。
さかさに見える絵は
出産育児の手引。

母親になる準備を
彼女に急がせているのは
おなかの中の小さな命令——愛らしい威嚇
彼女は、その声に従う。
声の望みを理解するための知識をむさぼる。
おそらく
それまでのどんな試験のときよりも
真摯な集中。

疲れているらしく
彼女はまどろみ

膝の上に開かれた本は
時折、風にめくられている。

身も心も

（消息）

身体は
心と一緒なので
心のゆくところについてゆく。

心が　愛する人にゆくとき
身体も　愛する人にゆく。
身も心も。

清い心にはげまされ
身体が　初めての愛のしぐさに
みちびかれたとき
心が　すべをもはや知らないのを
身体は驚きをもってみた。

おずおずとした　ためらいを脱ぎ
身体が強く強くなるのを
心は仰いだ　しもべのように。

強い身体が　心をはげまし
愛のしぐさをくりかえすとき
心がおくれ　ためらうのを
身体は驚きをもってみた。

心は
身体と一緒なので
身体のゆくところについてゆく。

身体が　愛する人にゆくとき
心も　愛する人にゆく。

身も心も？

母・舟・雨

（風が吹くと）

母という字は
女の中に二つの点
乳房を加えた形なりと
ものの本に書いてある

舟の中にも
乳房がある?
佐藤春夫は、こう歌った
「若者は海で生れた
　風を孕んだ帆の乳房で育った」

雨の中にも
乳房がある?
そうです　数えきれない雨の乳房で
育つものは数知れず

夕焼け

いつものことだが
電車は満員だった。
そして
いつものことだが
若者と娘が腰をおろし
としよりが立っていた。
うつむいていた娘が立って
としよりに席をゆずった。

（幻・方法）

そそくさととしよりが坐った。
礼も言わずにとしよりは次の駅で降りた。
娘は坐った。
別のとしよりが娘の前に
横あいから押されてきた。
娘はうつむいた。
しかし
又立って
席を
そのとしよりにゆずった。
としよりは次の駅で礼を言って降りた。

娘は坐った。
二度あることは　と言う通り
別のとしよりが娘の前に
押し出された。
可哀想に
娘はうつむいて
そして今度は席を立たなかった。
次の駅も
次の駅も
下唇をキュッと嚙んで
身体をこわばらせて――。

僕は電車を降りた。
固くなってうつむいて
娘はどこまで行ったろう。
やさしい心の持主は
いつでもどこでも
われにもあらず受難者となる。
何故って
やさしい心の持主は
他人のつらさを自分のつらさのように
感じるから。
やさしい心に責められながら

娘はどこまでゆけるだろう。
下唇を噛んで
つらい気持で
美しい夕焼けも見ないで。

伝道

（感傷旅行）

若い娘が
わが家の鉄の扉を叩き
神についての福音の書を読めという
勇気をふるい、私は素っ気なく答える
買っても読まないでしょうし
折角ですが――

微笑んだ娘のまっすぐな眼差しに会って
私のほうが眼を伏せる
申訳ないが——そう言って私は扉を閉じる

神を、私も知らぬわけではない
神をなつかしんでいるのは
娘さん、君より私のほうだ

けれど、どうして君は
こんな汚濁《おじょく》の世で
美しすぎる神を人に引合わせようというのだ

拒まれながら次々に戸を叩いてゆく
剛直な娘に
なぜか私は、腹立たしさを覚える

私なら
神を信じても
人に、神を信ぜよとは言わない

娘さん
どうして君は、微笑んで
世の中を、人を、まっすぐ見つめるのだ

ここは重い鉄の扉ばかりの団地だ
君は、どの扉へも
神をしのびこませることができなかったろう

君は、眼の前で
次々に閉じられる重い鉄の扉を
黙って見ていなければならなかったろう

娘さん、私は神が必要なのに
私は言った
買っても読まないでしょうと

雪の日に

（感傷旅行）

雪がはげしく　ふりつづける
雪の白さを　こらえながら

欺きやすい　雪の白さ
誰もが信じる　雪の白さ
信じられている雪は　せつない

どこに　純白な心など　あろう
どこに　汚《よご》れぬ雪など　あろう

雪がはげしく　ふりつづける
うわべの白さで　輝きながら
うわべの白さを　こらえながら

雪は　汚れぬものとして
いつまでも白いものとして
空の高みに生まれたのだ
その悲しみを　どうふらそう

雪はひとたび　ふりはじめると
あとからあとから　ふりつづく
雪の汚れを　かくすため

純白を　花びらのように　かさねていって
あとからあとから　かさねていって
雪の汚れを　かくすのだ

雪がはげしく　ふりつづける
雪はおのれを　どうしたら

欺かないで生きられるだろう
それが　もはや
みずからの手に負えなくなってしまったかのように
雪ははげしく　ふりつづける

雪の上に　雪が
その上から　雪が
たとえようのない　重さで
音もなく　かさなってゆく
かさねられてゆく
かさなってゆく　かさねられてゆく

註　合唱組曲『心の四季』の一つ。

二月の小舟

（北入曽）

冬を運び出すにしては
小さすぎる舟です。
春を運びこむにしても
小さすぎる舟です。

ですから、時間が掛かるでしょう
冬が春になるまでは。

川の胸乳《むなぢ》がふくらむまでは
まだまだ、時間が掛かるでしょう。

顔

（感傷旅行）

樹木の根のように
闇を抱く営みが人間にもある
樹木の梢のように
光を求める営みが人間にもある

光と闇に養われる人間は、しかし
光と闇を公平に愛する術を知らぬ

崇高でも醜悪でもない僕らの顔は
こうして出来たのだ

樹木は裸。胴も腕もあらわだが
顔はない。顔をもたない気安さで
周囲や自分と和解するのか

樹木の顔とおぼしいあたり
青い冬空の
冷たい安らぎが漂っているばかり

日向で

（叙景）

日向で
蠅が翅をふるわせている
私が蠅に生まれる可能性も
あった筈
私の親が蠅であれば
私も蠅だった

勤めの配属先が
何かの偶然で分かれるように

生まれの配属先が
人だったり蠅だったり三味線草だったり

人という辞令をもらった私は
見ている

蠅という辞令をもらったものの翅が
ありあまる光に温められているのを

一枚の絵

（叙景）

一枚の絵がある

縦長の画面の下の部分で
仰向けに寝ころんだ二、三歳の童児が
手足をばたつかせ、泣きわめいている
上から
若い母親のほほえみが
泣く子を見下ろしている

泣いてはいるが、子供は
母親の微笑を
暖かい陽差しのように
小さな全身で感じている

「母子像」
誰の手に成るものか不明
人間を見守っている運命のごときものが
最も心和んだときの手すさびに
ふと、描いたものであろうか

人は多分救いようのない生きもので
その生涯は
赦すことも赦されることも
共にふさわしくないのに
この絵の中の子供は
母なる人に
ありのまま受け入れられている
そして、母親は
ほとんど気付かずに
神の代りをつとめている
このような稀有な一時期が

身二つになった母子の間には
甘やかな秘密のように
ある

そんなことを思わせる
一枚の絵

奈々子に

（消息）

赤い林檎の頰をして
眠っている　奈々子。

お前のお母さんの頰の赤さは
そっくり
奈々子の頰にいってしまって
ひとところのお母さんの

つややかな頬は少し青ざめた
お父さんにも　ちょっと
酸っぱい思いがふえた。

唐突だが
奈々子
お父さんは　お前に
多くを期待しないだろう。
ひとが
ほかからの期待に応えようとして
どんなに

自分を駄目にしてしまうか
お父さんは　はっきり
知ってしまったから。

お父さんが
お前にあげたいものは
健康と
自分を愛する心だ。

ひとが
ひとでなくなるのは

自分を愛することをやめるときだ。
自分を愛することをやめるとき
ひとは
他人を愛することをやめ
世界を見失ってしまう。

自分があるとき
他人があり
世界がある。

お父さんにも
お母さんにも
酸っぱい苦労がふえた。

苦労は
今は
お前にあげられない。

お前にあげたいものは
香りのよい健康と
かちとるにむづかしく

はぐくむにむづかしい
自分を愛する心だ。

紹介

（自然渋滞）

一歳です
おいた、します
おなか、空きます
おっぱい、たっぷり飲みます
お通じ、あります
よく眠ります

夜泣き、しません
寝起き、ご機嫌です
固太り《かたぶと》です
ダイエット、まだです
女性です
柔肌です
おしめ、まだ取れません

初めての児に

（消息）

お前がうまれて間もない日。

禿鷹のように
そのひとたちはやってきて
黒い皮鞄のふたを
あけたりしめたりした。

生命保険の勧誘員だった。

（ずいぶん　お耳が早い）
私が驚いてみせると
そのひとたちは笑って答えた。
〈匂いが届きますから〉

顔の豹《かたち》さえさだまらぬ
やわらかなお前の身体の
どこに
私は小さな死を
わけあたえたのだろう。

もう
かんばしい匂いを
ただよわせていた　というではないか。

三月

（感傷旅行）

小さな万奈が
坐って、雛人形を見上げている。

印刷がずれたように
唇から朱がボッテリずれている白髪の媼《おうな》を見て
血が出ていると万奈が言う。
血がなくならないのかと心配する。

万奈が生まれる前から
白髪の媼は、ずっと、こうなのだ。
三月になると、蘇って
新しい血を垂らす。微笑を含んで。

万奈が、不安そうに
人形を見上げている。

註　万奈《まんな》＝次女の名

遊び

（感傷旅行）

夢の中でも遊んでいる
目ざめると　夢の続きを空地で始める
あいにく　斬られる
背中で　春の土のつめたさを
いっとき味わう
はぜるポプコーンのような立ちあいが続く

三度の食事に邪魔されながらもそれは続く
その夜の夢に　そのまま持ちこむ
しずかなイビキの水脈《みお》をひいて

どうして
子供の遊びは夜昼　見境いがないんだろう
死ぬまねをしていてさえ
生き生きしている
なぜだろう
多分　遊びは子供の仕事
仕事の中で生きているから

子供の遊びは子供の仕事
大人の遊びは――
と言いかけて私は首をひねる
大人の遊びは大人の仕事――かしら?
大人の仕事は大人の遊び――かしら?

仕事と遊びの別々な私には答えられない
子供にとっては　ひどく明瞭で
日常にすぎないことが
大人にとっては童話のよう

いや　神話のよう
遊びは　くらしの母音なのに
夜昼　仕事を楽しんでいた子供から
大人は　いつ　訣別するのだろう
それは　幸福なのか不幸なのか

創世紀

──次女・万奈《まんな》に

（叙景）

「お嬢さんですよ」
両掌の上にお前をのせて
産婆さんは私の顔に近づけた

お前のおなかから
ふとい紐が垂れ下がり
母親につながっていた

半透明・乳白色の紐の中心を
鮮烈な赤い血管が走っていた
お前が、ぐんと身体をそらし
ふとい紐はブルンと揺れた

あれは、たのもしい命綱で
多分
母親の気持を伝える電話のコードだったろう

母親の期待や心配はすべて
このコードの中を走り

お前の眠りに届いていたにちがいない
母親の日々の呟きと憂いを伝えていた
そのコードの切れ端は
今、ひからびて
「万奈臍帯納」と記された桐の小箱の中にある

小箱を開くたびに私は思いえがく
ちいさな創世紀の雲の中
母親から伸びたコードの端で
空を漂っていたお前を

虹の足

（北入曽）

雨があがって
雲間から
乾麺みたいに真直な
陽射しがたくさん地上に刺さり
行手に榛名山が見えたころ
山路を登るバスの中で見たのだ、虹の足を。
眼下にひろがる田圃の上に
虹がそっと足を下ろしたのを！

野面にすらりと足を置いて
虹のアーチが軽やかに
すっくと空に立ったのを！
その虹の足の底に
小さな村といくつかの家が
すっぽり抱かれて染められていたのだ。
それなのに
家から飛び出して虹の足にさわろうとする人影は見えない。
――おーい、君の家が虹の中にあるぞォ
乗客たちは頰を火照《ほて》らせ
野面に立った虹の足に見とれた。

多分、あれはバスの中の僕らには見えて
村の人々には見えないのだ。
そんなこともあるのだろう
他人には見えて
自分には見えない幸福の中で
格別驚きもせず
幸福に生きていることが――。

小さな出来事

（北入曽）

雨があがり
雲がゆっくり流れてゆく

すこし前
ひととき
田面《たのも》の水を唄わせた雨
ひととき

田植えの人を濡らした雨
そして　ひととき
早乙女の一人を泣かせた雨
——生きることには
　言いようのない悲しみがある
背中にポツリと大粒の雨が来たとき
その悲しみを彼女は思い出した
泣こうと思った　そして泣いた
さりげなく空を仰ぎ
目の熱を雨のシャワーに洗わせて

雨があがり
雲がゆっくり流れてゆく

田植えを終えて家路につく人々
その中の一人が　すこし前
雨にまぎれて巧みに泣いた

立ち話

（風が吹くと）

幼い兄弟姉妹が
連れだって
いつのまにか
お母さんのいる畑にきてしまった
とでもいうように
お母さんと立ち話をしてますね

笑ってますね
私のいる所から少し遠いけれど
お話がよく見えますね
声の色も見えますね
こんなに　はっきり
お話が見えるのは
明るい秋の陽ざしのせいだけじゃなくて
お母さんと子供たちが
しあわせだからですね
しあわせが
くもりや　かげりを

きれいに吹きはらって
そこが
ひどく澄んでいるからですね

ほぐす

（北入曽）

小包みの紐の結び目をほぐしながら
思ってみる
——結ぶときより、ほぐすとき
すこしの辛抱が要るようだと

人と人との愛欲の
日々に連らねる熱い結び目も
冷《さ》めてからあと、ほぐさねばならないとき
多くのつらい時を費すように

紐であれ、愛欲であれ、結ぶときは
「結ぶ」とも気付かぬのではないか
ほぐすときになって、はじめて
結んだことに気付くのではないか

だから、別れる二人は、それぞれに

記憶の中の、入りくんだ縺《もつ》れに手を当て
結び目のどれもが思いのほか固いのを
涙もなしに、なつかしむのではないか

互いのきづなを
あとで断つことになろうなどとは
万に一つも考えていなかった日の幸福の結び目
——その確かな証拠を見つけでもしたように

小包みの紐の結び目って
どうしてこうも固いんだろう、などと

呟きながらほぐした日もあったのを
寒々と、思い出したりして

ウエストを

（風が吹くと）

ウエストを
こころもち細くしぼって
まるで
紐でたばねた花束のよう

誰へ
贈られる花束ですか　あなたは？

誰かが
花束の紐をほどいたら
その手の上に
身を投げ出しますね

誰に
紐をほどかせるつもりですか?
あなた

風が吹くと

（10ワットの太陽）

風が吹くと
おじいさま
お池の水に
シワがたくさん
出来るのね

なにが吹くと
おじいさま
おでこやほっぺに
シワがたくさん
出来ちゃうの

風がやむと
おじいさま
お池の水の
シワがきれいに
消えるのね

なにがやむと
おじいさま
おでこやほっぺの
シワが消えるの
お池のように

父

（消息）

何故　生まれねばならなかったか。

子供が　それを父に問うことをせず
ひとり耐えつづけている間
父は　きびしく無視されるだろう。
そうして　父は
耐えねばならないだろう。

子供が　彼の生を引受けようと
決意するときも　なお
父は　やさしく避けられているだろう。
父は　そうして
やさしさにも耐えねばならないだろう。

過

（北入曽）

日々を過ごす
日々を過《あやま》つ
二つは
一つことか
生きることは
そのまま過ちであるかもしれない日々

「いかが、お過ごしですか」と
はがきの初めに書いて
落ちつかない気分になる
「あなたはどんな過ちをしていますか」と
問い合わせでもするようで——

素直な疑問符

（10ワットの太陽）

小鳥に声をかけてみた
小鳥は不思議そうに首をかしげた。

わからないから
わからないと
素直にかしげた

あれは
自然な、首のひねり
てらわない美しい疑問符のかたち。

時に
風の如く
耳もとで鳴る
意味不明な訪れに
私もまた
素直にかしぐ、小鳥の首でありたい。

滅私奉公

（消息）

この壊滅原理が
何時
廃墟となった個に
なだれこむか知れないのだ。

虚無の手で
十二分に　なぶられた個が
身ぶるいして立ちあがるのは
この時だ。

この壊滅の毒素の放つエネルギーが
時に
国を興すことがある
と思われている。

おそろしいことだ。

第二の絆　（感傷旅行）

一九二六年生まれの私。
まだ生きているので
『吉野弘（一九二六〜　　）』
と書く。

母の臍の緒から切れた
私の一九二六年が
別の臍の緒をぶら下げているのは
どういうわけか。

このロープ
私を「わが死の母」の胎内に宿すべく
目下、曳航中というわけか
荒海を分け、濃霧にも屈せず。

I was born

（消息）

確か　英語を習い始めて間もない頃だ。

或る夏の宵。父と一緒に寺の境内を歩いてゆくと　青い夕霧の奥から浮き出るように　白い女がこちらへやってくる。物憂げに　ゆっくりと。

女は身重らしかった。父に気兼ねをしながらも僕は女の腹から眼を離さなかった。頭を下にした胎児の　柔軟なうごめきを腹のあたりに連想し　それがやがて　世に生まれ出ることの不思議に打たれていた。

　女はゆき過ぎた。

　少年の思いは飛躍しやすい。その時　僕は〈生まれる〉ということが　まさしく〈受身〉である訳を　ふと諒解した。僕は興奮して父に話しかけた。

――やっぱりI was born なんだね――

父は怪《け》訝《げん》そうに僕の顔をのぞきこんだ。僕は繰り返した。

――I was born さ。受身形だよ。正しく言うと人間は生まれさせられるんだ。自分の意志ではないんだね――

その時　どんな驚きで　父は息子の言葉を聞いたか。僕の表情が単に無邪気として父の眼にうつり得たか。それを察するには　僕はまだ余りに幼なかった。僕にとってこの事は文法上の単純な発見に過ぎなかったのだから。

父は無言で暫く歩いた後、思いがけない話をした。

——蜉蝣《かげろう》という虫はね。生まれてから二、三日で死ぬんだそうだが　それなら一体　何の為に世の中へ出てくるのかと　そんな事がひどく気になった頃があってね——

僕は父を見た。父は続けた。

——友人にその話をしたら　或日　これが蜉蝣の雌だといって

拡大鏡で見せてくれた。説明によると　口は全く退化して食物を摂るに適しない。胃の腑を開いても　入っているのは空気ばかり。見ると　その通りなんだ。ところが　卵だけは腹の中にぎっしり充満していて　ほっそりした胸の方にまで及んでいる。それはまるで　目まぐるしく繰り返される生き死にの悲しみが咽喉もとまで　こみあげているように見えるのだ。淋しい　光りの粒々だったね。私が友人の方を振り向いて〈卵〉というと彼も肯いて答えた。〈せつなげだね〉。そんなことがあってから間もなくのことだったんだよ、お母さんがお前を生み落としてすぐに死なれたのは――。

父の話のそれからあとは　もう覚えていない。ただひとつ痛みのように切なく　僕の脳裡に灼きついたものがあった。——ほっそりした母の　胸の方まで　息苦しくふさいでいた白い僕の肉体——。

註　終りから九行目、〈淋しい　光りの粒々だったね〉は、『幻・方法』に再録のとき、〈つめたい光りの粒々だったね〉に改めました。

「祝婚歌」茨木のり子

（花神ブックス2　吉野弘）

吉野さんの「祝婚歌」という詩を読んだときいっぺんに好きになってしまった。

この詩に初めて触れたのは、谷川俊太郎編『祝婚歌』というアンソロジーによってである。どうも詩集で読んだ記憶がないので、吉野さんと電話で話した時、質問すると、

「あ、あれはね『風が吹くと』という詩集に入っています。あ

んまりたあいない詩集だから、実は誰にも送らなかったの」

ということで、やっと頷けた。

その後、一九八一年版全詩集（青土社）が出版され、作者が他愛ないという詩集『風が吹くと』も、その中に入っていて全篇読むことが出来た。

若い人向けに編んだという、この詩集がなかなか良くて、「譲る」「船は魚になりたがる」「滝」「祝婚歌」など、忘れがたい。

作者と、読者の、感覚のズレというものがおもしろかった。自分が駄目だと思っていたものが、意外に人々に愛されてしまう、というのはよくあることだ。

また、私がそうだから大きなことは言えないが、吉野さんの詩は、どうかすると理に落ちてしまうことがある。それから一篇の詩に全宇宙を封じこめようとする志向があって、推敲に推敲を重ねる。

櫂のグループで連詩の試みをした時、もっとも長考型は吉野さんだった記憶がある。

その誠実な人柄と無縁ではないのだが、詩に成った場合、それらはかえってマイナス要因として働き、一寸息苦しいという読後感が残ることがある。

作者が駄目だと判定した詩集『風が吹くと』は、そんな肩の力が抜けていて、ふわりとした軽みがあり、やさしさ、意味の深さ、言葉の清潔さ、それら吉野さんの詩質の持つ美点が、自然に流れ出ている。

とりわけ「祝婚歌」がいい。

電話でのおしゃべりの時、聞いたところによると、酒田で姪御さんが結婚なさる時、出席できなかった叔父として、実際にお祝いに贈られた詩であるという。

その日の列席者に大きな感銘を与えたらしく、そのなかの誰かが合唱曲に作ってしまったり、またラジオでも朗読されたらしくて、活字になる前に、口コミで人々の間に拡まっていったらしい。

おかしかったのは、離婚調停にたずさわる女性弁護士が、この詩を愛し、最終チェックとして両人に見せ翻意を促すのに使っているという話だった。翻然悟るところがあれば、詩もまた現実的効用を持つわけなのだが。

若い二人へのはなむけとして書かれたのに、確かに銀婚歌としてもふさわしいものである。

最近は銀婚式近くなって別れる夫婦が多く、二十五年も一緒に暮しながら結局、転覆となるのは、はたから見ると残念だし、片方か或いは両方の我が強すぎて、じぶんの正当性ばかりを主張し、共にオールを握る気持も失せ、〈この船、放棄〉となるようである。

すんなり書かれているようにみえる「祝婚歌」も、その底には吉野家の歴史や、夫婦喧嘩の堆積が隠されている。

吉野さんが柏崎から上京したての、まだ若かった頃、櫂の会で、はなばなしい夫婦喧嘩の顚末を語って聞かせてくれたことがある。

ふだんは割にきちんと定時に帰宅する吉野さんが、仕事の打合せの後、あるいは友人との痛飲で二次会、三次会となり、いい調子、深夜すぎに帰館となることがある。

奥さんは上京したてで、東京に慣れず、もしや交通事故では？　意識不明で連絡もできないのでは？　待つ身のつらさで悪いことばかりを想像する。

東京が得体のしれない大海に思われ、もしもの時はいったいどうやって探したらいいのだろう？　不安が不安を呼び、心臓がだんだんに乱れ打ち。

そこへふらりと夫が帰宅。奥さんはほっと安堵した喜びが、かえって逆にきつい言葉になって、対象に発射される。こういう心理状態はよくわかる。なぜなら私もこれに類した夫婦喧嘩をよくやったのだから。

五十六才の頃、吉野さんは池袋駅のフォームで俄かに昏倒、下顎骨を強く打ち、大怪我をされた。歯もやられ、恢復までにかなりの歳月を要した。どうなることかと心配したが、その時、私の脳裡を去来したのは、若き日の吉野夫人の心配症で、あれはあながち杞憂でもなかったということだった。

「電話一本かけて下されば、こんなに心配はしないのに」

ところが、一々動静を自宅に連絡するなんてめんどうくさく、また男の沽券にかかわるという世代に吉野さんは属している。売りことばに買いことば。

吉野さんはカッ！となり、押入れからトランクを引っぱり出して、

「おまえなんか、酒田へ帰れ！」

と叫ぶ。

「ええ、帰ります！」

吉野夫人はトランクに物を詰めはじめる。

「まあ、まあ、」

と、そこへ割って入って、なだめるのが、同居していた吉野

さんの父君で、それでなんとか事なきを得る。

これではまるで私がその場に居合せたかのようだが、これは完全な再話である。長身の吉野さんが身ぶりをまじえての仕方《しかた》噺《ばなし》で語ってくれたのが印象深く焼きついているから、細部においても、さほど間違っていない筈だ。
二、三度聞いた覚えがあるので、トランクを引っぱり出すというのは、吉野家におけるかなりパターン化した喧嘩作法であるらしかった。留めに入る父君の所作も、だんだんに歌舞伎ふう様式美に高められていったのではなかったか？
酒豪と言っていいほどお酒に強く、いくら呑んでも乱れず、ふだんはきわめて感情の抑制のよくきいた紳士である彼が、家ではかなりいばっちゃうのね、と意外でもあり、不思議なリアリティもあり、感情むきだしで妻に対するなかに、かえって伴侶への深い信頼を感じさせられもした。

いつか吉野夫人が語ってくれたことがある。

「外で厭なことがあると、それを全部ビニール袋に入れて紐でくくり、家まで持って帰ってから、バアッとぶちまけるみたい」

ビニール袋のたとえが主婦ならではで、おもしろかった。

更にさかのぼると、吉野御夫妻は、酒田での帝国石油勤務時代、同じ職場で知り合った恋愛結婚である。

その頃、吉野さんはまだ結核が完全に癒えてはいず、胸郭成形手術の跡をかばってか、一寸肩をすぼめるように歩いていた。

当然、花婿の健康が問題となる筈だが、夫人の母上はそんなことはものともせず、快く許した。

御自分の夫が、健康そのものだったのに、突然脳溢血で、若くして逝かれ、健康と言い不健康と言ったところで所詮、大同小異であるという達観を持っていらしたこと、それ以上に吉野弘という男性を見抜き、この人になら……と思われたのではないだろうか。

「女房の母親には、終生恩義を感じる」

と、いつかバスの中でしみじみ述懐されたことがあるが、それは言わず語らず母上にも通じていたのだろう、

「おまえはきついけれど、弘さんはやさしい」

と、自分の娘に言い言いされたそうである。

新婚時代は勤務から帰宅すると、すぐ安静、横になるという生活。

長女の奈々子ちゃんが生まれた時、すぐ酒田から手紙が届き、ちょうどその頃、櫂という私たちの同人詩誌が発刊されたのだが、

「赤んぼうははじめうぶ声をあげずに心配しましたが、医師が足をもって逆さに振るとオギャアと泣きました。子供、かわいいものです」

と書かれていた。私の感覚では、それはつい昨日のことのように思われるのだが、その奈々子ちゃんも、もう五人の子の母

親となり、吉野さんは否も応もなく今や祖父。

「祝婚歌」を読んだとき、これらのことが私のなかでこもごも立ちあがったのも無理はない。幾多の葛藤を経て、自分自身に言いきかせるような静かな呟き、それがすぐれた表現を得て、ひとびとの胸に伝達され、沁み通っていったのである。

リルケならずとも「詩は経験」と言いたくなる。そして彼が、この詩を一番捧げたかったのは、きみ子夫人に対してではなかったろうか。


話は突然、飛躍するが、私の親戚の娘で、音楽の修業にドイツに旅立った、秀圃《しゅうほ》さんという人がいる。

桐朋を出たヴァイオリニストで、一心不乱に勉強するうち、やがて「ベルリン・ドイツ・オーパー（オペラ）」の楽員になった。

外国人が楽団員として正式に採用されるのは、きわめて難しいらしく、日本人では初めてということだった。

音楽に余念なかったが、いつのまにか同じオーケストラのヴァイオリニスト、トーマス君という青年と恋におちた。

結婚へと話が進み、秀圃さんの両親は愕然、国際結婚を危ぶんで猛反対となった。

若い人の腕のつけねあたりに、既に大きな翼が育っていて、悠々大空を舞う力がついているのに、その翼がまるで見えないのが、一般に親の習性というものかもしれない。

親の目から見れば、いつまでも雛鳥なのだ。

こういう時、私は親でないゆえの無責任かもしれないが、大抵若い人の味方である。

いろんな紆余曲折を経て、ついに両親のほうが折れ、結婚となった。

ドイツの青年、トーマス君は敬虔なカトリック信者で、結婚式には新夫側として聖書の一節が読まれることになった。新婦側でも母国のいい詩を披露してほしい、となって、私に詩の選択の依頼があった。

トーマス君の知っている日本の詩は「雨ニモマケズ」一つで

あるという。

即座に吉野さんの「祝婚歌」が浮んできた。

改めて読んでみる。それまであまり意識しなかったが、東洋的思考がかなり濃厚な詩だという、再発見をした。

徹底的に原理を追求するヨーロッパの思考法とは、対極に立つ詩である。聖書の一節に十分拮抗できるではないか。

若い恋人二人は、この詩を大層気に入ってくれて、一緒に力を合せてドイツ語に翻訳した。

結婚式は、ルクセンブルグに近い、トゥリャ市の教会で行われた。モーゼル川に沿った、落ちついた街で、カール・マルクスの生誕地でもあるという。

そこで、準備された「コリント人に与えた手紙」と「祝婚歌」が、聖歌隊によって読まれ、新婦の国、日本の詩は、出席した人々に大きな感動を与え、神父様もかなり長く吉野さんの詩について解説されたという。

もちろんドイツ語訳もよかったのだろうが、内容さえ良ければ、たとえ何国語に翻訳されようとそのエッセンスはつたわる筈――かねがね思っていたことが実証されたようで私もうれしかった。しかも活字や本によって論評される対象としてではなく、その日集った百六十人くらいのドイツ人の、日常のなかに溶けこんでいったのがよかった。

しばらく経ってから結婚式の写真と「祝婚歌」のドイツ語訳

のコピーが送られてきたので、吉野さん宛に転送した。どういうなりゆきになるかわからなかったので、結局は事後承諾になってしまったが、

「ぼくの知らないドイツの街で、ぼくの詩が読まれ、若い人たちの祝福に立ち会えたなんて」

と喜んで下さった。文学畑の人々に読まれ云々されることよりも、一般の社会人に受け入れられることのほうを常に喜びとする、吉野さんらしい感想だった。

それから更に日は流れて、「祝婚歌」の浸透度は一層深く、かつ、ひろがってゆくようである。

某大臣が愛誦し、なにかにつけて引用しているという話も紹

介されたし、結婚式で朗読されることも以前にもまして多くなってきたらしい。新郎新婦のほうはキョトンとして、

「なんのこと？」

というありさまなのに、列席した大人たちのほうが感銘を受け、「どこの出版社のなんという詩集にあるのか？　コピーがほしい。使用料は如何？」という問い合せがしきりのようだが、その答はまたいかにも吉野さんらしい。

「これは、ぼくの民謡みたいなものだから、この詩に限ってどうぞなんのご心配もなく」

というのである。

現代詩がひとびとに記憶され、愛され、現実に使われるとい

うことは、めったにあるものではない。ましてその詩が一級品であるというのは、きわめて稀な例である。

編者あとがき

吉野弘さんから詞華集を作っていいよ、とおゆるしがでたとき編者は、巻頭を飾る詩を、ためらうことなく「祝婚歌」に決めました。

茨木のり子さんがこの詩に寄せた讃辞「祝婚歌」も、なんどもお願いして、巻末に掲載させていただきました。

タイトルは九分九厘まで「祝婚歌」でしたが、画竜点睛を欠き迷いました。最後のさいごに、この詩の中の一行「二人が…」と決めたとき、まさに風雲生じて天に昇る気持ちがしました。

「祝婚歌」の主語は「二人」です。私ではなく、あなたでもありません。「二人が睦まじくいるためには」というのが主題です。

世界は「ふたり」から始まります。それまで「ひとり」だった男と女が結ばれて「ふたり」になり、家庭をつくり次代に送るというのが、この地球上、どこの国でも原初からくり返されてきた、いのちの営みです。「ふたり」は他人どうし。そのふたりが相手をいたわり、励ましあう仲良しなら、自ずとやさしい気持ちが生まれます。

生きとし生けるものへの慈しみの感情が、「ふたり」から近隣へ、学校や会社や国へ、そして世界へとあふれていくことでしょう。

吉野さんはこうも語っています。「絶対者がふたり出たのではすぐ戦争になります。そこに、エゴイズムを相対化する精神がなければ、社会は争いの場にしかなりません。」

かつて宮沢賢治は、「世界がぜんたい幸福にならないうちは個人の幸福はあり得ない」（農民芸術概論綱要）と言いました。そして「雨ニモマケズ」を書きました。賢治の思想の底流には、「祈り」があります。吉野さんの「祝婚歌」にも同じ「祈り」があります。

編者はこの「祈り」を、世界のあらゆる「ふたり」に捧げます。

二〇〇三年一〇月一〇日

編者　田中和雄

二人が睦まじくいるためには

二〇〇三年一〇月一〇日初版発行
二〇二四年一〇月二三日第二六刷発行

詩　吉野弘

発行者　金丸千花
発行所　株式会社　童話屋
〒020-0871　岩手県盛岡市中ノ橋通二―一〇―一―七〇三
電話〇一九―六一三―五〇三五
製版・印刷・製本　株式会社　精興社
NDC九一一・一六〇頁・一五センチ

ISBN978-4-88747-037-8